I0550981

Ye

9606

LOUIS XV.
POËME.

A LYON;

De l'Imprimerie d'AYMÉ DELAROCHE, seul Imprimeur
ordinaire de Monseigneur le DUC DE VILLEROY,
& de la Ville, ruë Mercière à l'Occasion. 1744.

M. DCC. XLIV.

AVEC PERMISSION.

LOUIS XV.
POËME.

MUSES qui me rendiez heureux
Sur les bords fortunés de la Marne naiffante,
Si vous êtes encor fenfibles à mes vœux
 Reparoiffez, c'eft LOUIS que je chante;
 Que comme lui, mes Vers foient immortels;
 Si loin des lieux où j'ai reçû la vie,
  Loin des Rochers de ma Patrie,
  Vous m'avez vû négliger vos Autels,
Ma voix en ces beaux jours n'ofoit fe faire entendre
 Sur ce Rivage, où mille chants plus doux,
  Que ceux des Cignes du Méandre,
  Font le défefpoir des jaloux.
Mais quand tout retentit des cris de la Victoire,
Quand Ypres & Menin fur leurs Remparts fumans;
 Encor couverts de bleffés, de mourans,
Me font voir un grand Roi, vainqueur, comblé de gloire,
  Ne foupirer qu'après la Paix;
Alors trop indigné d'un coupable filence,
Par mon zéle emporté, bravant mon impuiffance,
Mufes, pour vos faveurs je forme des fouhaits.

Que l'Aigle jufqu'au Ciel aille porter l'hommage
   Qu'il rend au Souverain des Dieux;
On ne me verra point d'un vol ambitieux,
Aux regards de LOUIS, préfenter mon ouvrage;
Bellone offre à fes yeux de plus nobles objets.
   Contens du rang où le Ciel nous fit naître,
Célébrons fans orgueil, notre Roi, notre Maître,
   Trop heureux d'être fes fujets.

   Partez, mes vers, partez fans efpérance
D'être vûs du Héros, célébré dans mes chants;
Affez d'autres fans nous, par des fons plus touchans,
Sçauront l'entretenir du bonheur de la France;
   Vous imiterez ces Ruiffeaux,
   Qui fortis d'une aride fource,
Ne pouvant jufqu'aux mers faire paffer leurs eaux,
Dans les fables voifins vont terminer leur courfe.

SUR le plus beau climat que couronnent les Cieux,
Régne un Prince adorable, inftruit par la Sageffe,
   Roi dès fa plus tendre jeuneffe,
   Sous la protection des Dieux;
Il étoit au berceau quand Minerve attentive
A régler le deftin de ce jeune Héros,
Lui voyant pour la guerre une pente trop vive,
   A Diane adreffa ces mots.

„ Ah! Déeffe, daignez partager mes alarmes,
„ J'ai vû le Succeffeur, l'héritier des BOURBONS,
„ Le plus cher de mes nouriffons,
„ Dans fes jeux innocens déja mêler des armes.

„ Ses yeux, l'ouvrage de l'Amour,
„ Ingrats pour leur auteur dès l'âge le plus tendre,
„ Brillent de tant de feux qu'ils font affez comprendre
„ Ce qu'il doit être quelque jour;
„ Le redoutable Mars a juré que lui-même
„ Formeroit de Louis, & l'efprit, & le cœur,
„ Il m'en écarte avec fureur,
„ Il veut le rendre feul digne du Diadême;
„ Pour mériter un nom fameux,
„ Quoi faut-il ravager la terre?
„ Ne peut-on être grand au fein d'un peuple heureux?
„ N'eft-il donc pour les Rois de vertu que la guerre?
„ Je les hais toutefois, efclaves dans leur Cour,
„ Il eft un tems pour la vengeance;
„ Qui ne fçait pas repouffer une offenfe,
„ Même à mes yeux eft indigne du jour.

„ Un Roi formé par la Sageffe,
„ Prend le glaive à regret lorfqu'il eft outragé,
„ Mais incapable de foibleffe,
„ Il ne le pofe que vengé.

„ Que pour le bonheur de la France,
„ BOURBON à Mars foit enlevé,

A ij

„ Que dans les bois, féjour de l'innocence,

„ Par moi feule il foit élevé,

„ Craignons tout du penchant qu'il montre pour la
   gloire,

„ C'eſt-là le foible de fon cœur ;

„ Ah ! modérons fa naiſſante valeur,

„ Cachons ce jeune Prince aux yeux de la victoire,

„ Il n'en fera que trop tôt amoureux ;

„ Dans vos forêts préparez-lui des fêtes,

„ A mes leçons fuccéderont vos jeux,

„ Jufques au tems prefcrit pour fes conquêtes.

„ La chaſſe eſt digne des grands Rois ;

„ Elle endurcit leurs corps & forme leur courage,

„ C'eſt de la Guerre une fidéle image ;

„ Hercule eſt devenu demi-Dieu dans les bois.

„ C'eſt-là qu'un Chaſſeur fans murmure

„ Avec les Elémens fçait braver les faifons,

„ Qu'il voit d'un œil égal, les néges, les glaçons,

„ Où brilloit au Printems un aimable verdure ;

„ Eſt-il pour de jeunes Guerriers,

„ Eſt-il une plus noble école ?

„ Non, la Chaſſe n'eſt point un paſſe-tems frivole,

„ Pour qui prétend un jour fe couvrir de lauriers.

A ce Difcours flateur de la fage Minerve,

Diane prit un vifage riant ;

„ Il faut, dit-elle, il faut que je vous ferve,

,, L'entreprife eft trop noble & l'emploi trop brillant,
   ,, Comptez, Déeffe fur mon zéle.
,, J'enléve cette nuit le Prince dans mes bras;
,, Confiez-le fans crainte à ma garde fidéle,
   ,, Mars ne me le ravira pas;
,, Je régne en ces forêts, qu'il régne dans la Thrace,
,, C'eft-là qu'on obéit à fa barbare voix,
,, Tout ce qui m'environne eft foumis à mes loix;
    ,, Quoi que ce farouche Dieu faffe
    ,, Pour s'oppofer à vos leçons,
    ,, Oui, je veux, Sageffe divine,
,, Qu'auffi grand par fon cœur, que par fon origine,
', Au fein de mes plaifirs LOUIS trouve vos dons.

   ,, Nous formerons ce Prince aimable
,, Il régnera fous vous, il chaffera fous moi,
,, Vous le rendrez prudent, moi vif, infatigable,
,, Je ferai le Héros, vous ferez le grand Roi.

La Nuit n'eut pas plûtôt tiré fes fombres voiles
   Sur les pas de l'aftre du jour,
   Et ramené pour éclairer fa Cour,
Comme autant de flambeaux un million d'étoiles;
   Que la chafte fœur d'Apollon
   Pleine du zéle qui la guide,
Bravant du Dieu guerrier le courage intrépide,
   Se rend au Palais de BOURBON.

Le Sommeil écartant doucement la lumière ,
De l'éléve de Mars avoit fermé les yeux ,
   Et répandu fur fa paupière
De ces mêmes pavôts dont il fait part aux Dieux ;
La Déeffe un moment le contemple en filence ,
Et craignant de Vénus quelque piége adroit ,
   Croit voir l'Amour, n'ofe approcher du ROI,
Mais c'étoit des François la plus chère efpérance ;
   A cette douce Majefté ,
A cet air noble & grand , qu'en LOUIS on remarque,
   La Sauvage Divinité
   Reconnut le jeune Monarque ,
  Elle en approche , & fur un char volant,
   Dans l'obfcurité d'un nuage
   Qui fe fend , & lui fait paffage ,
   Elle enléve l'augufte Enfant.

  Phœbus l'efpoir de nos campagnes,
Le Roi de l'Univers, & le Père des fleurs ,
   Pour nous prodiguer fes faveurs ,
Commençoit à dorer le fommet des Montagnes,
Quand Mars ne trouvant plus fon éléve Royal,
Parcourt, l'œil enflâmé, la moitié de la Terre,
Tout tremble, tout frémit, le féjour infernal,
   A fon ordre vomit la Guerre;

   Un Lion eft moins furieux
Pourfuivant l'Afriquain qui lui ravit fa proye ,

Mars lui-même au milieu des fiers vainqueurs de Troye,
Peignit moins de courroux dans ses farouches yeux.

C'étoit fait de la France ; au fer abandonnée,
     Sa ruine n'étoit pas loin :
     Mais les Dieux de sa destinée,
     Sur eux avoient pris tout le soin ;
     La Discorde au fond de l'Asie,
     Entraîne le Dieu des combats,
     Sur ses pas naissent des Soldats ;
     Tout fuit devant la cruelle Furie ;
A ses funestes coups on se dérobe en vain,
     Le lâche comme l'intrépide
     Tombe sous le fer homicide,
     Qui brille en sa barbare main.

     Tandis que la Guerre ravage
Des Royaumes entiers, que des embrasemens
Font naître avec l'horreur les meurtres, le pillage ;
     La Seine sur ses bords charmans,
     Sous l'empire de la Sagesse
     Joüit des douceurs de la Paix,
     De l'abondance & des autres bien-faits,
Qu'aux mortels fortunés prodigue la Déesse.

     Peu loin de ce fleuve enchanté
     Qui vient enrichir de son onde
     La première Ville du monde,

S'éléve un bois fameux par Diane habité ;
Dont le feuillage épais ne va chercher la nue ;
Que pour mieux dérober le plus riche vallon :
  Dans cette retraite inconnue ,
  La Déeſſe cacha BOURBON,
  Elle parle , & de deſſous l'herbe
  La terre ſenſible à ſa voix ,
  Pour loger le plus grand des Rois ,
  Fait ſortir un Palais ſuperbe ;
Où régnoient des marais ſur un fond ſpongieux ,
  L'art vient corriger la nature ,
  Le marbre , l'or , & la peinture ,
  De toutes parts charment les yeux ;
Dans d'immenſes jardins un monde de ſtatues
  S'élevent ſur des piédeſtaux ;
Et dans des corps d'airain les ondes retenues ,
S'échapent vers le Ciel en ſuperbes jets-d'eaux.

Ce Palais ne couta qu'un mot à la Déeſſe ,
LOUIS par ſa préſence embellit ces beaux lieux ,
  Et ce fut-là que la Sageſſe
Le rendit par ſes ſoins digne de ſes Ayeux,

  ,, Prince charmant , lui diſoit-elle ,
  ,, Aimez-moi , cheriſſez mes dons ,
  ,, J'en ai comblé tous les BOURBONS ;
  ,, Je fus toujours leur compagne fidéle ,
,, C'eſt moi qui modérois leur bouillante valeur ;
    ,, Leur

,, Leur peignant de la Paix les douceurs & les charmes,
,, Quand j'avois fait vaincre leurs armes,
,, Je défarmois leur bras vainqueur.

,, Envain un Héros magnanime,
,, De fes voifins foumis revient victorieux,
,, S'il dompte des mortels, il offenfe les Dieux,
,, Quand ce n'eft pas moi qui l'anime;

,, Dédaignez ces lauriers fanglans,
,, Qu'on cueille fur les pas de Mars & de Bellone,
,, Il n'eft d'immortelle couronne,
,, Que celle dont je ceins le front des Conquerans.

,, Les Rois font les Dieux de la Terre,
,, Le bonheur de leur peuple eft leur unique objet;
,, Vaincre mille ennemis dans une jufte guerre,
,, Eft moins grand que de rendre heureux un feul fujet.

,, La Mer eft la parfaite image
,, D'un Monarque né généreux,
,, Des fleuves, des ruiffeaux, elle reçoit l'hommage,
Mais ne le reçoit que pour eux;
,, Sans ceffe de fon fein s'élévent des nuages,
,, Qui portés par les vents au bout de l'Univers,
,, Rentrent dans les ruiffeaux, arrofent leurs rivages,
,, Et reviennent enfin dans l'empire des mers;

B

,, Par cette douce intelligence
,, Les fleuves toujours pleins, en prodiguant leurs eaux,
,, De leur tribut payé tiennent leur abondance,
,, Et ne ſervent que de canaux.

,, Tels doivent être entr'eux les peuples & les Princes :
,, Qu'un Roi ſoit bienfaiſant, ſon argent devient or,
Quand il retourne à ſon tréſor,
,, Après avoir enrichi ſes Provinces,
,, Et de tous ſes Sujets, il rapporte l'amour,
,, Des préſens que ſa main diſpenſe,
,, Telle eſt la juſte récompenſe,
,, C'eſt un Dieu tutélaire adoré dans ſa Cour.

Minerve par cette morale
Rendoit LOUIS grand, généreux,
Et dans ſon ame libérale
Verſoit un penchant vertueux.

Diane vint à ſon tour ; de mille chiens ſuivie,
Au bruit d'autant de cors que ſa voix animoit,
Couroit-elle les bois ? le Prince qui l'aimoit,
A courir avec elle auroit paſſé ſa vie.
Combattre un Sanglier, braver les traits de feux,
Que dans ſes yeux vaincus a fait naître la rage,
Ne furent pour lui que des jeux,
Et les premiers eſſais qu'il fit de ſon courage.

Avant que de dompter de barbares Tyrans ;
    Hercule, Théfée, Alexandre,
Aimerent les forêts dès l'âge le plus tendre ;
Telle eft la paffion des jeunes Conquerans.

Eft-il un feul Monarque ennemi du repos ,
    Qui n'ait paffé, pour aller à la gloire,
Du Temple de Diane au Temple de Mémoire?
Les bois furent toujours le berceau des Héros.

Mais Mars a des lauriers qu'il faut qu'un Roi moiffonne,
Tremblez murs orgueilleux d'Ypres & de Menin,
Arrive enfin le tems marqué par le Deftin ,
DE BOURBON en courroux le noble fang bouillonne.

Au bord d'un clair ruiffeau , couché fur mille fleurs;
LOUIS libre des foins dont la chaffe dégage,
Et tombé de fatigue à l'ombre d'un feuillage,
Y goutoit du fommeil les tranquilles douceurs;
Un gazon , un vent frais , des eaux le doux murmure,
Une fombre lueur qui régnoit en ces lieux,
Un tems calme, ferain, & toute la nature
Sembloit avoir pris foin d'apefantir fes yeux ;
Ses armes paroiffoient aux faules fufpenduës,
Ses chiens au loin couchés, & d'écume encor blancs,
Pour reprendre des bois les fécretes iffuës ,
Attendoient fon reveil en agitant leurs flancs;

Mais le Ciel tout-à-coup brille d'une lumière,
Plus belle que le plus beau jour,
Et jamais le Soleil fourniſſant ſa carrière,
N'avoit d'un feu ſi vif embelli ce ſéjour.

Le tonnerre ſe fait entendre,
La forêt retentit de mille chants guerriers,
La terre en un moment ſe couvre de lauriers,
L'éclair part, le Ciel s'ouvre, & l'on en voit deſcendre
Une jeune Divinité
Toute rayonnante de gloire,
Aîlée, & telle enfin qu'on nous peint la Victoire ;
Dans ſes yeux éclatoit une noble fierté;
Sur ſon front brilloit un courage,
Capable d'inſpirer plus d'amour que d'effroi ;
La Déeſſe approche du Roi,
L'éveille, & lui tient ce langage.

,, C'eſt aſſez dans les bois ſignaler ta valeur,
,, Suis-moi, jeune Héros, ſi touché de mes charmes,
,, A mes empreſſemens tu veux livrer ton cœur,
,, Je deviendrai le prix de tes premières armes.

,, Inſenſible aux vœux de cent Rois,
,, Qui pleins d'ardeur m'adreſſent leurs prières,
,, Je voltige ſans ceſſe autour de tes Frontières,
Pour ne me rendre qu'à ta voix.

„ Je fais plus, tu me vois fur ce bord folitaire
          „ T'arracher des bras du fommeil,
„ Et briguant jufqu'ici le bonheur de te plaire,
          „ D'un doux fouris honorer ton reveil ;

„ Oui, grand Roi, ma joye eft extrême,
„ Quand tes Drapeaux me font diftinguer tes Soldats ;
       „ Alors croyant te défendre toi-même,
          Je les foutiens dans les combats.

          „ Traverfant d'une aîle rapide
       „ Des Piémontois les rochers orgueilleux,
„ Découvrant tes Guerriers & leur Chef intrépide,
          „ Je fus me repofer fur eux ;

          „ Bien-tôt je leur ouvre un paffage,
„ Ville-Franche réfifte, & tombe fous leurs coups,
„ Philippe en demi-Dieu fignale fon courage ;
       „ Conti paroît, Montalban eft à nous.

          „ Ce ne font là que les prémices
„ De ce que je ferai pour prix de tes vertus ;
„ Envain tes ennemis m'offrent des facrifices,
„ Leurs Temples, leurs Autels, ne me reverront plus ;
       „ Viens dans mon fein, viens, cher Prince
que j'aime ;
       „ Je veux combler tous tes defirs ;

,, Viens gouter le bonheur suprême,
,, De jouir avec moi de folides plaifirs.

Un doux frémiffement faifit le R O I , l'enflame,
   Son efprit demeure enchanté,
  Un feu fecret fe gliffe dans fon ame,
Il veut & n'ofe aimer cette Divinité.

Tel eft l'état charmant d'un jeune homme fenfible,
   Qui voit pour la première fois,
   Dans quelque retraite paifible
La beauté qui devoit le foumettre à fes Loix;
Interdit & tremblant, il garde le filence;
Mais bien-tôt à fes pieds il brûle en un moment
   D'autant de feux que le plus tendre Amant.
L'Amour n'a pas befoin de longue expérience.

   D'un femblable bonheur jaloux,
BOURBON dès fon enfance amoureux de la GLOIRE,
Ebloui de l'éclat dont brille la VICTOIRE,
   Court fe jetter à fes genoux;
Elle fuit, il la fuit, dans fes bras il la preffe,
On écoute fes vœux, mais fes efforts font vains;
   Pour le confoler, la Déeffe
Lui dit en s'échapant doucement de fes mains:

  ,, J'aime ta noble impatience,
 ,, J'augure bien de ces premiers tranfports,

,, Mais de me posséder sur ces tranquilles bords,

,, Bannis l'inutile espérance;

,, C'est la demeure de la Paix,

,, Qu'en ces bois elle régne en Reine,

,, Je lui céde encor tes Palais;

,, Puisse-t-elle jamais n'abandonner la Seine,

,, Contente de son heureux sort,

,, Pour moi je tiens ma Cour dans des plaines sanglantes,

,, Mon Trône est un amas des ruines fumantes,

,, D'une Ville embrasée où régne encor la mort,

,, Et c'est sur des Remparts foudroyés par la Guerre

,, Sur un tas de mourans au bruit des cris, des pleurs,

,, Triomphante au milieu des éclats du tonnerre,

,, Que je prodigue mes faveurs.

,, Ne crois pas toutefois que barbare & cruelle,

,, J'estime un Prince altier indigne de son rang,

,, Dont les mains sont toujours dégoutantes de sang;

,, J'imprime sur son front une honte éternelle,

,, J'immortalise en lui son crime, ses exploits;

,, Mais couronnant un Héros magnanime,

,, De la postérité je lui gagne l'estime,

,, Je fais la gloire, & non le deshonneur des Rois.

,, Quand de tes Alliés tu prenois la défense,

,, Je te laissai tranquille au sein de tes Etats;

,, L'Ennemi se déclare, il marche vers la France,

,, Viens, suis-moi, je t'attends au milieu des Combats.

Là finit la Déeſſe, en déployant ſes aîles ;
  Sur un nuage lumineux ;
Et faiſant voir au Roi des palmes immortelles,
  Elle diſparut à ſes yeux ;

LOUIS impatient de voler ſur ſes traces,
  Quitte des bois le paiſible ſéjour,
Devient de ſes Soldats l'eſpérance & l'amour,
  Viſite lui même ſes Places.
Comme au ſouffle des Vents le ſable remplit l'air ;
  Tels on voit ſortir de nos Villes
Comme autant de torrens auſſi prompts que l'éclair,
D'intrépides Guerriers, d'invincibles Achilles ;
  La Cour enfante des Céſars,
  Tout retentit du bruit des armes ;
  Envain l'Amour verſe des larmes,
Son empire finit, quand il faut ſuivre Mars ;
BOURBON parle, à ſa voix ces Héros ſe raſſemblent,
Bien-tôt pour le venger plus de cent mille bras,
Répandent en tout lieux les horreurs du trépas ;
  Il marche, les frontières tremblent.

  Envain dans tes Remparts fameux
  MENIN, tu mets ton eſpérance ;
  Ils tomberont, tu tomberois comme eux,
  Si ton Vainqueur n'avoit de la clémence,
Tes pâles défenſeurs feront bien-tôt ſoumis,
  De toutes parts la mort les environne.

        Ne

Ne tonnez plus, fiers ennemis ;
Qu'on fe rende, LOUIS pardonne;
Du haut de vos fuperbes Tours,
Déja la VICTOIRE l'apelle,
Sur vos Murs foudroyés, je la vois qui chancelle,
C'en eft fait, elle va vous quitter pour toujours.

Vers ce Drapeau blanc qu'on arbore,
J'entends fon éclatante voix ;
Elle veut fe défendre encore,
Mais elle céde enfin au plus Puiffant des Rois.

Comme une Epoufe aimable encor jeune & timide
S'échapant tout d'un coup des bras de fon Vainqueur,
Après avoir fait fon bonheur,
Rallume fes defirs par un dehors rigide :

Telle à peu près devant Menin,
Avec BOURBON en ufe la VICTOIRE ;
Entre fes bras charmans il fe voyoit enfin ;
Comblé de fes faveurs, il marchoit à la gloire :
Mais la Déeffe fuit, fe fouftrait à fes Loix,
Plus fière que jamais dans YPRES fe renferme,
Pour céder à LOUIS une feconde fois ;
Si quelque tems elle tient ferme,
Et brave de mon ROI les plus puiffans efforts,
Si fuyant d'une aîle légère,
Elle femble infenfible à fes plus doux tranfports,
C'eft pour lui devenir plus chère.

D

Nous fommes peu flattés d'un bien qui coûte peu;
Et le laurier qui couronne nos têtes,
Pour nous embrafer d'un beau feu,
Veut devoir fon éclat à de dignes conquêtes.

Que la nature & tout l'art des Vaubans,
Ypres, pour te défendre enfantent des miracles,
Que formans de nouveaux obftacles,
Les Eaux viennent couvrir tes Remparts chancelans,
Charge-les de guerriers, fais-y gronder la foudre,
Que l'airain enflamé nous vomiffe la mort;
LOUIS le veut, tu tomberas en poudre,
Et de Menin tu fubiras le fort.
Tremble; déja SAXE, NOAILLES,
Font briller nos drapeaux autour de tes fillons,
Et fous leurs yeux nos nombreux bataillons,
Tracent ta perte autour de tes murailles;
Je les vois voler en éclats;
Le fer en main, CLERMONT s'avance,
Devant lui marche la vengeance,
C'eft Mars lui-même au milieu des combats;
Son front, fiers Ennemis, enfante les tempêtes.
Qui doivent vous écrafer tous,
Et c'eft de fes yeux en courroux
Qu'elles vont fondre fur vos têtes.
Voilà votre orgueil confondu;
Que vois-je, LOUIS en perfonne,

Tout fuit, tout céde, il court avec Bellone,
Ypres s'ébranle, il eſt rendu.

LA VICTOIRE en ouvre les portes,
Qui tournent à regret ſur leurs pivots d'airain,
Elle-même nous tend la main,
Repouſſe les vaincus, fait entrer nos Cohortes.
De l'éclat de ſon front les yeux ſont éblouis,
Tous nos Soldats ont part à ſes largeſſes,
Elle rit à CLERMONT, le comble de careſſes,
Et vole au-devant de LOUIS.

Ce Héros s'avançoit plein d'une ardeur guerrière,
Au milieu des Victorieux ;
Son cheval hériſſant ſa ſuperbe crinière,
Marchoit fier de porter un poids ſi glorieux.

,, Enfin, grand Roi, me voici, lui dit-elle,
,, Je viens couronner tes travaux,
,, Tu me verras toujours fidelle,
,, Attachée à tes pas & ſuivre tes drapeaux;
,, Ces champs enſanglantés pour un Roi qu'on outrage,
,, Ne ſont pas un ſpectacle affreux,
,, D'un peuple conſterné viens recevoir l'hommage,
,, Et faire des ſujets heureux :
,, Aux yeux de toute ton armée,
,, Que ce laurier ceigne ton digne front,

„ Et que tes ennemis que ce préfent confond ,
        „ L'apprennent par la Renommée.

Elle dit, & fuivi de fes Guerriers vainqueurs ,
        Au bruit de mille cris de joye ,
        Qu'uYPRES vers les François renvoye ,
LOUIS fût s'emparer de la Ville & des cœurs.

                    F I N.

Permis d'imprimer, à Lyon, ce 8. Octobre 1744.
                    PERRICHON.